껌

껌

김 기 택 시 집

창비

차 례

그와 눈이 마주쳤다

잠깐 그와 눈이 마주쳤다.
낯이 많이 익은 얼굴이었지만
누구인지는 전혀 기억이 나지 않았다.
너무나도 낯선 낯익음에 당황하여
나는 한동안 그에게서 눈을 떼지 못했다.
그도 내가 누구인지 잠시 생각하는 눈치였다.
그는 쓰레기봉투를 뒤지고 있었다.
그는 고양이 가죽 안에 들어가 있었다.
오랫동안 직립이 몸에 배었는지
네발로 걷는 것이 좀 어색해 보였다.
그는 쓰레기 뒤지는 일을 방해한 나에게 항의라도 하듯
야오옹, 하고 감정을 실어 울더니
뜻밖에 아기 울음소리가 터지는 제 목소리가
이상해서 견딜 수 없다는 듯
얼른 입을 다물었다.
그는 다른 고양이들처럼 서둘러 달아나지 않았다.
슬픈 동작을 들킨 제 모습에 화가 난 듯

고개를 숙이더니
굽은 등으로 천천히 돌아서서 한참 동안 멀어져갔다.

삼겹살

술자리가 끝나고 집으로 가는 길.
한 시간이 넘도록
내 몸에서 고기냄새가 지워지지 않는다.
불에 익은 피, 연기가 된 살이
내 땀구멍마다 주름과 지문마다 가득 차 있다.
배고플 때 허겁지겁 먹었던
고소한 향은 사라지고
도살 직전의 독한 노린내만 남아
배부른 내 콧구멍을 솜뭉치처럼 틀어막고 있다.
고기냄새를 성인(聖人)의 후광처럼 쓰고
나는 지하철에서 내린다.
지하철 안, 내가 서 있던 자리에는
내 모습의 허공을 덮고 있는 고기냄새의 거푸집이
아직도 손잡이를 잡은 채
계단으로 빠져나가는 나를 차창으로 내다보고 있다.
지상으로 올라오자
상쾌한 바람이 한꺼번에 고기냄새를 날려보낸다.

시원한 공기를 크게 들이쉬는 사이
고기냄새는 잠깐 파리떼처럼 날아올랐다가
바로 끈적끈적한 발을 내 몸에 찰싹 붙인다.
제 몸을 지글지글 지진 손을
제 몸을 짓이긴 이빨을 붙들고 놓지 않는다.
아직도 비명과 발악이 남아 있는 비린내가
제 시신이 묻혀 있는 내 몸속으로
끈질기게 스며들고 있다.

한가한 숨막힘

조심조심 노인이 걷고 있다.
눈앞에서 널찍하고 평평하던 길이
발밑에서 외줄처럼 흔들리며 좁아지는 걸음을 걷고
있다.
구겨질까봐 슬금슬금 양복의 눈치를 보며
움직임을 최대한 작고 곱게 만든 걸음을 걷고 있다.
중간에 있는 관절 하나만 툭 건드려도
뼈 전체가 와르르 무너져내릴 것 같은 몸을
살살 달래가며 걷고 있다.
고개 들어 두리번거리면 길이 흔들리고 중심이 무너질
까봐
갈비뼈 위에 단단하게 고정시킨 목 대신
눈알만 가만가만 돌아가는 걸음을 걷고 있다.
발걸음 소리가 일으키는 모든 진동을
숨막히도록 가는 숨소리로 흡수하며 걷고 있다.
옆으로 휙휙 지나가는 젊은이들의 빠른 시간이
무례하고 거친 바람을 일으킬 때마다

걸음은 파닥거리는 몸을 붙잡고 잠시 기우뚱거리다가
가까스로 균형을 잡고 있다.
걸음에 연결된 모든 관절을 조금씩 마비시키는 죽음
동작 속에 스며들어 보이지 않게 자라온 죽음이
있는 힘을 다해 품위를 잃지 않으려고
사뿐사뿐 걷고 있다.

취한 말들을 위한 시간[*]

비틀거리며 그는 밤거리를 지나가고 있었다.
한순간 그는 나를 보았으나
그 눈동자는 이미 나를 투시하고
거리와 차들과 행인들을 넘어
세상과 허공과 무의식이 뒤범벅이 된 어느 곳을
아무리 보아도 내 눈엔 보이지 않는 어느 곳을
깊이 들여다보고 있었다.
무어라고 그는 중얼거리고 있었으나
무슨 말인지 알아들을 수 없었다.
억양과 리듬은 있었으나
정작 발음 달린 단어와 문장은 그 말에 없었다.
이미 뭉개져 말의 형태가 없는데도
그 말에는 울음과 한탄 같은 것이 꿈틀거리고 있었다.
그것은 가끔 밤공기를 붙들고 후려치고 뒤흔들며
비명 같은 노래가 되기도 하였다.
말과 노래가 흔드는 대로
그의 가볍고 허름한 몸은 마음껏 비틀거리고 있었다.

취한 시간에만 보이는 그곳
취한 시간에만 나오는 그 말을
그러나 술이 깬 그는 결코 기억하지 못할 것이다.

* 바흐만 고바디(Bahman Ghobadi) 감독의 영화 제목, 'A
Time for Drunken Horses'에서 빌려옴.

고양이 죽이기

그림자처럼 검고 발걸음 소리 없는 물체 하나가
갑자기 도로로 뛰어들었다.
급히 차를 잡아당겼지만
속도는 강제로 브레이크를 밀고 나아갔다.
차는 작은 돌멩이 하나 밟는 것만큼도 덜컹거리지 않
았으나
무언가 부드러운 것이 타이어에 스며든 것 같았다.
얼른 싸이드미러를 보니 도로 한가운데에
털목도리 같은 것이 떨어져 있었다.
야생동물들을 잡아먹는 것은, 이미 오래전부터,
호랑이나 사자의 이빨과 발톱이 아니라
잇몸처럼 부드러운 타이어라는 걸 알 리 없는 어린 고
양이였다.
승차감 좋은 승용차 타이어의 완충장치는
물컹거리는 뭉개짐을 표나지 않게 삼켜버린 것이다.
씹지 않아도 혀에서 살살 녹는다는
어느 소문난 고깃집의 생갈비처럼 부드러운 육질의 느

낌이
　잠깐 타이어를 통해 내 몸으로 올라왔다.
　부드럽게 터진 죽음을 뚫고
　그 느낌은 내 몸 구석구석을 핥으며
　쫄깃쫄깃한 맛을 오랫동안 음미하고 있었다.
　음각무늬 속에 낀 핏자국으로 입맛을 다시며
　타이어는 식욕을 마저 채우려는 듯 속도를 더 내었다.

가려움

불구덩이 속으로 들어가고 있는 관을
도로 꺼내려고
소복 입은 여자가 달려든다

막 닫히고 있는 불구덩이 철문 앞에서
바로 울음이 나오지 않자
한껏 입 벌린 허공이 가슴을 치며 펄쩍펄쩍 뛴다

몸뚱어리보다 큰 울음덩어리가
터져나오려다 말고 좁은 목구멍에 콱 걸려
울음소리의 목을 조이자

목맨 사람의 팔다리처럼
온몸이 세차게 허공을 긁어대고 있다 가려움

긁어도 긁어도 긁히지 않는
겨드랑이 없는
손톱에서 피가 나지 않는 가려움

계단 오르는 노인

내가 열 계단 오르는 사이
한 계단.
가벼운 내 열 계단 뒤에서 늙고 거친 숨과 함께 내딛는
또 한 계단.
노인은 무릎 관절에게 심장에게 묻는 모양이다,
괜찮으냐고,
가늘고 예민한 관절의 저울 위에 위태롭게 얹혀진
이 뚱뚱한 허공의 무게를
한 계단만 더 올려줄 수 있겠느냐고.
관절이 신음같이 삐거덕거리는 소리로
겨우 허락하는 사이
쓸데없는 무게만 보태면서 거저 올라온 머리통은
계단 주변의 도로며 교회며 하늘을 마지막인 듯 한번
둘러보고는
또 한 계단.
세월은 튼튼한 다리를 가진 젊은이들처럼
바로 옆에서 열 계단 스무 계단씩 오르락내리락하고

그러거나 말거나

큰절 같은 한 호흡.

또 물음.

또 가늘게 삐걱거리는 대답.

또 한번의 하늘 그리고

또 한 계단.

숨 한번에도 무게가 느껴지는 경지.

한 계단에 하나의 생이 느껴지는 경지.

뼈에 살 한번 붙이는 것

살에 삶 한번 붙이는 것

삶에 무게 한번 붙이는 것이 얼마나 어려운 일인가를

무릎 관절의 바늘 하나에 온몸이 찔릴 때마다 깨닫는

경지.

산동네로 가는 길고 좁고 구불구불한 계단은

깊은 주름처럼 쭈그러져 있고

무게가 거의 느껴지지 않는 내 열 계단 옆에서

머리카락 한 올, 실핏줄 한 가닥, 주름 한 줄, 땀 한 방

울, 때 하나의 무게까지

　남김없이 관절 하나에 실으며 오르는

　또 한 계단.

커다란 플라타너스 앞에서

덤프트럭 앞에서 짐자전거가 앞만 보며 달린다
갓길 없는 좁은 이차선 도로
아무리 빠르게 페달을 밟아도
느릿느릿 돌아가는 자전거 바퀴
사자 아가리 같은 경적이 쩌렁쩌렁 울며 뒷바퀴를 물어도
헛바퀴만 돌리며
아직도 커다란 플라타너스 앞을 지나가고 있는 자전거

자전거를 삼킬 듯 트럭은 꽁무니에 붙어서 오고
거대한 코끼리 한 마리 줄에 달고 가듯 바퀴는 한적하고
발과 페달은 자전거 바퀴보다 빠르게 돌아가고

긴 나무의자

한적한 길가에 긴 나무의자가 하나 있습니다.

종일 움직이지도 않고 한자리에만 서 있습니다.

채찍을 휘둘러도 한 발짝도 움직이지 못할 다리인데 쇠사슬에 매여 있습니다.

감시하는 사람 없어도 앉거나 눕지 않습니다.

쇠사슬을 채워놓으니까 뭉툭한 다리가 정말 움직일 것 같습니다.

고지식한 의자도 쇠말뚝에 단단하게 묶어둔 걸 보면 도망갔다 온 전과도 있는 것 같습니다.

으슥한 밤중에 도둑의 어깨를 마차처럼 타고

언덕 너머 골목길을 돌아 관절 없는 다리가 도저히 갈 수 없는 곳으로 가본 듯합니다.

그러나 지금은 등에 태울 주인을 기다리고 있다는 듯 묵묵히 서 있습니다.

의자 등은 거의 종일 비어 있지만, 가끔

맑고 선선한 밤이 되면 할머니 몇이 나와 앉아 있습니다.

그때 할머니들은 의자가 쇠사슬에 단단히 매여 있나

확인하기도 합니다.

언제든 달아날 수도 있지만 지금은 꼼짝 못하는 척하는 걸 다 안다는 듯 말입니다.

의자 머리와 등을 조랑말처럼 쓰다듬거나 툭툭 두드려 주기도 합니다.

저녁에 그 의자에 앉아 이야기를 나누는 할머니들 목소리와 웃음소리는

벽과 천장이 없는 바람과 별빛을 받아 밤하늘 멀리 퍼져나갑니다.

그러면 의자 다리도 흥분한 듯 조금씩 삐걱거리며 움직이기 시작합니다.

이야기가 활기를 띠면 의자는 할머니들을 태운 채로 밤하늘 높이 오를 것 같습니다.

의자가 들썩거리거나 말거나 밤하늘이 높거나 말거나

쇠사슬은 튼튼하고 이야기는 밤하늘에 끝이 없고 할머니들은 태연하기만 합니다.

그러나 할머니들 없는 날, 하루는 길고 쇠사슬은 할일

24

이 없어

　의자는 궁금한 길과 구름을 놔두고 홀로 무뚝뚝한 시
간을 견딥니다.

　차갑고 성실한 쇠사슬도 녹슨 시간을 견디며 의자 다
리를 꼭 붙들고 있습니다.

개 3

좁고 구불구불하고 우중충한 골목길 안
판잣집 양철지붕 아래

발걸음 소리가 지나가기만 하면 짖어대는
앙칼진 소리가 있다

누렇고 비쩍 마르고
귀는 빳빳하게 솟은 놈이리라

소나기 내리면
내리치는 빗방울 소리 하나도 놓치지 않고
쿵쾅쿵쾅 더 크게 만들어서 우는
양철지붕처럼

주먹과 구둣발이 두드리면
심장처럼 쿵쿵 떨리는 소리를 내는
양철대문처럼

온몸을 두려움으로 만들어 짖고 있다

이빨이 다 보이도록
문틈이 구멍이 모든 갈라진 틈이 짖고 있다

껌

누군가 씹다 버린 껌.
이빨자국이 선명하게 남아 있는 껌.
이미 찍힌 이빨자국 위에
다시 찍히고 찍히고 무수히 찍힌 이빨자국들을
하나도 버리거나 지우지 않고
작은 몸속에 겹겹이 구겨넣어
작고 동그란 덩어리로 뭉쳐놓은 껌.
그 많은 이빨자국 속에서
지금은 고요히 화석의 시간을 보내고 있는 껌.
고기를 찢고 열매를 부수던 힘이
아무리 짓이기고 짓이겨도
다 짓이겨지지 않고
조금도 찢어지거나 부서지지도 않은 껌.
살처럼 부드러운 촉감으로
고기처럼 쫄깃한 질감으로
이빨 밑에서 발버둥치는 팔다리 같은 물렁물렁한 탄력
으로

이빨들이 잊고 있던 먼 살육의 기억을 깨워
그 피와 살과 비린내와 함께 놀던 껌.
지구의 일생 동안 이빨에 각인된 살의와 적의를
제 한몸에 고스란히 받고 있던 껌.
마음껏 뭉개고 갈고 짓누르다
이빨이 먼저 지쳐
마지못해 놓아준 껌.

봄

바람 속에 아직도 차가운 발톱이 남아 있는 3월.
양지쪽에 누워 있던 고양이가 네발을 모두 땅에 대고
햇볕에 살짝 녹은 몸을 쭉 늘여 기지개를 한다.
한껏 앞으로 뻗은 앞다리.
앞다리를 팽팽하게 잡아당기는 뒷다리.
그 사이에서 활처럼 땅을 향해 가늘게 휘어지는 허리.
고양이 부드러운 등을 핥으며 순해지는 바람.
새순 돋는 가지를 활짝 벌리고
바람에 가파르게 휘어지며 우두둑 우두둑 늘어나는 나
무들.

즐거운 버스

버스 운전사가 하품을 한다.
도로 한가운데를 막고 있던 절벽 하나가
덩달아 크게 하품을 하더니
버스는 어느새 터널 속을 달리고 있다.
뽕짝의 볼륨을 높이고 난폭하게 껌을 씹어도
운전사는 음악에 맞추어 꾸벅.
흔들리는 차의 리듬에 맞추어 꾸벅.
눈 감아도 너무나 훤하게 보이는 길.
눈 감아도 여전히 푸른, 푸른 신호등.
신나게 달리는 가로수와 전봇대와 빌딩들.

버스 운전사가 하품을 한다.
제 마음대로 달리는 속도에 맞추느라
발은 형식적으로 가속기를 밟는다.
버스가 급정거하는 걸 보고 놀란 발이
뒤늦게 브레이크를 밟기도 한다.
운전사가 조는 줄도 모르고

속도를 늦추지 않고 달리는 바퀴.
운전경력 이십년에 길을 다 외워버린 핸들과
핸들에 붙어 둥그레져버린 팔.
운전사는 마음껏 졸게 내버려두고
스스로 좌회전 우회전 하다 멈추는 바퀴.

버스 운전사가 하품을 한다.
눈 감고도 잘 보이던 길이 깜짝 놀라
횡단보도 앞에서 급히 붉은 신호등을 켠다.
비명소리가 급히 브레이크를 밟는다.
뒤차 운전사가 다가와 뭐라고 소리지른다.
버스 운전사는 큰 하품으로 대꾸한다.
뒤차 운전사는 하품보다 더 크게 입을 벌리며
유리창을 두드리고 삿대질을 해대지만
무슨 소리인지는 들리지 않고
하품 속에서 뽕짝가락만 늘어지게 나온다.

버스 운전사가 하품을 한다.
하품 속으로 긴 터널이 또 들어왔다 나간다.
버스가 지나갈 때까지
아슬아슬하게 붉은 신호를 참고 있다가
지나자마자 얼른 푸른 신호로 바꾸는 신호등.
저절로 피해가는 앞차와 옆차와 뒤차들.
가끔 잠을 깨워주는 경적들.
지그재그 달리는 버스에 맞추어
구불거리는 차선들 비틀거리는 가로수들.
눈 가려도 정확히 과녁에 꽂히는 주몽의 화살처럼
거침없이 달리는 우리의 즐거운 버스.

눈 녹으니

녹는 눈은 누더기처럼 해어진다
부스럼 난 살갗처럼 푸석푸석 갈라진다
흰 철문에서 붉은 녹을 드러내며 들뜨는
낡은 페인트처럼 벗겨진다
찢어져 너덜거리는 눈 사이로

달동네 추운 맨살이 드러난다
천막으로 지붕을 기운 집들
연탄재와 쓰레기와 개똥 위에 서 있는 담장들
지붕에 어지럽게 얹어놓은 잡동사니들
양분 부족으로 누렇게 말라가는 삶들이
억지로 잠에서 깬 듯 드러난다
개구멍 같은 쪽문에서
가끔 연탄재를 들고 나오는
무릎 튀어나온 파자마와 슬리퍼 신은 맨발
햇빛을 받자마자 녹슨 철사처럼
헝클어지는 머리와 축 늘어지는 주름이

돋보기로 확대해놓은 듯
어쩔 수 없이 꼼꼼하게 드러난다
누군가가 내장의 힘을 다해 게워놓은 것 같은
걸쭉하고 벌건 국물을 길가에 튀기며
차 한 대가 지나간다
녹는 눈은 순순히 으깨어지며 또

녹는다 문드러진다 진물 흘린다 질척거린다
지난밤 백설공주를 덮었던
순백의 그 눈부신 살갗이
한나절도 되지 않아 해골을 다 드러내며 녹는다

절하다

수십 마리의 통닭들이 좌판 위에 납작 엎드려
절하고 있다 털을 남김없이 벗어버린 나체로
절하고 있다 발 없는 다리로 무릎 꿇고 머리 없는 목을
공손하게 숙여
절하고 있다 목과 발을 자르고 털을 뽑은 주인에게
죽음의 값을 흥정하는 손님에게
이미 죽은 죽음을 끓여서 한번 더 죽이려는 손님에게
절하고 있다 포개지고 뒤집어져도 조금도 자세를 흐트
러뜨리지 않고
시장 한복판이 경건해지도록
호객하는 소리 흥정하는 소리조차 청아해지도록
절하고 있다 한 시간이고 열 시간이고 일어날 생각도
없이
절하다가 그대로 굳어져 다시는 펴지지 않도록
절하고 있다 털 뽑히고 목 잘리자마자 수치가 되어버
린 몸을 다하여
수치가 온몸에 오톨도톨 돋은 몸을 다하여

저녁상에서 비린내가 난다

오늘 저녁상에선 비린내가 난다.

비린 것은
흰 접시 위에 동그랗게 누워 있다.
산과 들을 헤매며 뛰어다니다가
지금 막 접시 위에 올라와 웅크리고 누운 듯
온몸으로 더운 김을 뿜어올리고 있다.
가죽에서 내장까지
다 발가벗겨진 것도 모르고
쌔근쌔근 진한 김을 내쉬고 있다.

학의 부리처럼 길고 날랜 젓가락들이
찌르고 헤집으며 비린 김을 다투어 뜯어간다.
김은 곧 사그라지고 접시는 비워진다.
눈이 까만 어린 산짐승 하나가
핥고 긁고 뒹굴다가 하룻밤 자고 난 자리같이
식은 접시 한가운데가 움푹 파여 있다.

산낙지 먹기

한번도 죽음을 본 일이 없었기에, 죽으면 어떻게 해야 하는지 알지 못했기에, 죽음은 접시 위에서 살아 있을 때 보다 더 격렬하게 꿈지럭거렸다. 죽으면 꼼짝 않고 있어야 한다는 걸 몰랐기에 제 힘과 독기를 모두 모아 거친 물굽이처럼 요동쳤다. 어찌나 심각하게 꿈틀거리던지 자 첫하면 죽음이 취소될 수도 있을 것 같았다. 죽음엔 눈과 팔다리가 달려 있지 않았기에 방향도 없이 앞으로만 기 어가다 저희들끼리 마구 엉켰다.

흰 접시는 마치 제가 죽기라도 한 것처럼 동그라미 안 에서 빨판들을 물방울처럼 튀기며 거칠게 파도쳤다. 그 러나 죽음이 달아나기엔 접시의 반경이 너무 짧았고 모 든 길은 오직 우스꽝스러운 꿈틀거림으로만 열려 있었 다. 토막난 다리와 빨판 들은 한 마리의 통일된 죽음이기 를 포기하고 한 도막 한 도막이 독립된 삶이 되어 접시 밖으로 무작정 나가려 했고, 씹는 이빨 틈에 치석처럼 달 라붙어 떨어지려 하지 않았다.

씹을 때마다 용수철처럼 경쾌하게 이빨을 튕겨내는 탄력. 꿈틀거림과 짓이겨짐 사이에 살아 있는 죽음과 죽어 있는 삶이 쌘드위치처럼 겹겹이 층을 이루고 있는 탄력. 한번에 다 죽지 않고 여러번 촘촘하게 나누어진 죽음의 푹신푹신한 탄력. 다 짓이겨지고 나도 꿈틀거림의 울림이 여전히 턱관절에 남아 있는 탄력. 목 없고 눈 없고 손 없는 죽음이 터무니없이 억울할수록 이빨은 더욱 쫄깃쫄깃한 탄력을 받고 있었다.

생선구이

물기가 다 말라 딱딱한데도
지금은 불에 구워지고 있는데도
눈을 동그랗게 뜨고 있다.
생선 굽는 나를
지글지글 구워지는 눈으로 보고 있다.

눈꺼풀 없는 눈.
절대로 눈을 감을 수 없도록
눈꺼풀을 없애버린 눈.
졸리면
저절로 잠깐 눈이 멀어
눈꺼풀 없이 잠드는 눈.
잠들면
광활한 바다가
다 푸른 눈꺼풀이 되어
동그란 안식(眼識)덩어리를
장님처럼 꿈만 보이는 구슬덩어리를

덮어주는 눈.

아무것도 볼 필요가 없는데도
아무것도 보이지 않는데도
아직도 눈을 뜨고 있다.
이글이글 익는 눈으로
눈을 태우는 불을 보고 있다.

버스

브레이크가 걸릴 때마다
버스는 온몸에서 진저리치는 소리를 냈다.
구슬픈 신음 같은 소리를 냈다.
그만 달리라고 애원하는 것 같기도 하고
앞차와 부딪칠까봐 비명을 지르는 것 같기도 하였다.
옆걸음으로는 한 치도 움직일 수 없고
오로지 앞으로만 달리게 되어 있는
동그란 다리,
속도밖에는 아무것도 모르는 제 다리를
원망하는 소리 같기도 하였다.
그래도 다시 출발하면
옆차선에 대가리를 들이대고 꽉꽉 끼여들면서
버스는 사납게 내달렸다.
기세등등한 엔진소리 사이로
숨어 우는 듯한 아이 울음소리가 새어나왔다.
버스 앞유리는
깨질 것 같은 눈물이 가득한 눈

잠자리 눈처럼 얼굴을 다 가린 커다란 눈
눈꺼풀이 없어 감을 수도 없는 눈을 뜨고 있었다.

죽거나 죽이거나 엉덩이에 뿔나거나

이 운전을 아무래도 멈출 수 없을 것 같다,
교통사고로 죽거나
불행하게도 죽지는 않아서 엉덩이에 휠체어 바퀴가 달
리거나
아니면 더욱 불행하게도
사람을 바퀴로 으깨 죽이기 전까지는.

나는 가만히 있는데
걷는 게 하나도 불편하지 않다고 지하철로 가는데
돌이킬 수 없도록
속도의 단맛에 길들여진 시간이
다 알아서 친절하게 시동을 걸고 가속기를 밟아준다.
멀쩡한 사람을 정신병자로 만드는 도시에서 잠시라도
벗어나
제발 코에다 맑은 바람 좀 넣자며 아내가 재촉한다.
버스 타고 지하철 타면 다리 아프다고 아이가 짜증낸다.
발이 바퀴로 되어 있지 않은 걸 탓하며

나는 또 속도 위에 앉는다.
속도가 너무 많아
오히려 느려터지거나 아예 멈추어버리는
한순간도 속도가 되지 않으면
가만히 있지 못하고 독한 냄새를 내뿜으며 그르렁거
리는

이 불편한 속도를 포기할 수 없을 것 같다,
어느날 도로 위에서 서너 시간 숨통처럼 꽉 막혀 있
다가
겨우 그 정체에서 벗어나
속도에다 온몸의 복수심을 다 집중시켜 정신없이 채찍
질하다가
죽거나 죽이거나
움직이지 못하는 엉덩이에 둥근 뿔이 달리기 전까지는.

슬픈 얼굴

이윽고 슬픔은 그의 얼굴을 다 차지했다.
수염이 자라는 속도로 차오르던 슬픔이
어느새 얼굴을 덥수룩하게 덮고 있었다.
혈관과 신경망처럼 몸 구석구석에 정교하게 퍼져 있었다.
그는 웃고 있었으나 슬픔은 아랑곳하지 않았다.
먹고 마시고 떠들고 있었으나 아랑곳하지 않았다.
그동안 내뱉은 모든 발음이 울음으로 한꺼번에 뭉개질 시간이
팔자걸음처럼 한적하게 다가오고 있었다.
한줌밖에 안되는 웃음을 당장 패대기칠 수도 있었지만
슬픔은 그가 더 호탕하게 웃도록 내버려두었다.
조잘대는 주둥이 깊숙이 주먹 같은 울음을 처박을 수도 있었지만
침이 즐겁게 튀는 말소리를 묵묵히 듣고만 있었다.
웃음과 수다에 맞추어 목과 이마의 핏줄이 굵어질 때마다

슬픔이 지나가는 자리가 점점 선명해지는 게 보였다.
웃다가 조금이라도 표정이 일그러지면
아무리 환하게 웃어도 좀처럼 다시 펴지지 않았고
웃음이 고음으로 가다가 조금이라도 떨리면
기다렸다는 듯 즉시 울음소리로 바뀌려 하였다.
그다지 우습지 않은 농담에도
슬픔이 들킬까봐 배를 움켜쥐고 웃고 있었다.
웃음과 수다가 갑자기 그칠까봐 조마조마하고 있었다.

죽은 사람

한껏 벌어져 다시는 다물지 못하는 입처럼
옷장문이 활짝 열려 있다
씹고 있는 음식물을 느닷없이 밀고 나온 토사물처럼
입에서 아직도 흘러나오고 있는 토사물처럼
옷들이 주르르 옷장 밖으로 엎질러져 있다
한 덩어리의 옷더미 속에 팔이 솟아나와 있다
다리가 여러 개 삐져나와 있다
누군가가 입고 있다는 듯 단추를 꼭꼭 채우고 있다
황급히 몸이 빠져나간 자리에 목이 솟아났던 구멍이
있다
팔다리에 손발이 돋아났던 자리가 있다
숟가락을 물고 식은 죽처럼
먹다가 나가 다시는 돌아오지 않는 입을 기다리는 죽
처럼
뭉개진 모양 그대로 굳는다
목에 팬티를 덮어쓴 채 굳는다
팔에서 양말이 돋아난 채 굳는다

팔다리와 목과 가랑이가 머리카락처럼 엉킨 채 군다
　　몸 없는 채로 몸의 기억을 끈질기게 붙들고 있는 것들
이 군다
　　병원에 간 주인을 기다리는 늙은 개의 눈처럼
　　다시는 돌아오지 않을 주인을 킁킁거리며 찾는 코처럼
　　옷에는 하나같이 구멍이 뚫려 있다
　　제 안의 구겨진 어둠으로
　　구멍들이 황급히 빠져나간 목과 팔다리를 보고 있다

교통사고

밤길을 달려온 차 앞유리에
반투명 반점들이 다닥다닥 찍혀 있다.
풀벌레들에게 자동차는 총알이었던 것.
주광성의 풀벌레들이 전조등 불빛을 보고
사차선의 사격장 안으로 달려들었던 것.
총알에 맞는 순간
터져버린 체액은 유리창에 남고
거죽은 탄피처럼 튕겨져나갔던 것.
빛만 보면 들끓던 피
빛을 향해 돌진하던 피는
삶에 대한 애착을 아교처럼 단단하게 만들어
새 육체인 유리창에 힘껏 들러붙어 있다.
닦아도 닦아도 지워지지 않는다.

화장터

굴뚝이 누르스름한 연기를 매달고 있다.
굴뚝에서 떨어지지 않으려고
허공이 되지 않으려고
연기가 기체의 손가락으로
굴뚝을 꽉 붙들고 있다.
거대한 허공을 머리 대신 달고 있는
굴뚝 모가지에서
연기가 머플러처럼 휘날리고 있다.
굴뚝 아가리에 머리를 처박고
하루종일 어둡고 긴 구멍을 빨아들이고도
조금도 뚱뚱해지거나 길어지는 일 없이
연기는 아직도 그 자리에 있다.
한 통곡이 끝나면 새 울부짖음이 이어지고
한 장의차가 떠나면 새 장의차가 오고
연기는 땅에 박혀 있는 굴뚝처럼 굳세게 붙어 있다.

본인은 죽었으므로 우편물을 받을 수 없습니다

죽은 지 여러 날 지난 그의 집으로
청구서가 온다 책이 온다 전화가 온다

지금은 죽었으므로 전화를 받을 수 없습니다
삐 소리가 나면 메씨지를 남겨주세요

반송되지 않는다
눈 없고 발 없는 우편물들이
바퀴로 발을 만들고 우편번호로 눈을 만들어 정확하게
달려온다
받을 사람 없다고 말할 입이 없어서
그냥 쌓인다 누군가가 뜯어봐주기를 죽도록 기다리
면서
무작정 쌓이기만 한다

말을 사정(射精)하고 싶어 근질근질한 혀들은
발육이 잘된 성욕을 참을 수 없어 꾸역꾸역 백지를 채

우고

　종이들은 제지공장에서 생산되자마자

　오라는 곳은 없어도 갈 곳은 많은 책이 된다 서류양식
이 된다

　백골징포(白骨徵布)를 징수하던 조직적인 끈기가 글자
들을 실어나른다

　아무리 많이 쌓여도 반송할 줄 모르는

　바보 햇빛과 바보 바람이

　한가롭게 우편물 위를 어정거리고 있다

눈

의자 등받이에 등을 기대고 잠시 눈을 감는다.

어둠.
핏줄이 뻗어 있는 붉은 벽.
느릿느릿 무늬가 움직이는 물렁물렁한 벽.

눈꺼풀이 닫혔는데도
눈은 계속 무엇인가를 보고 있다.
나는 피곤해서 잠깐 쉬려 하는데
지금은 아무것도 보고 싶지 않은데

어둠이건 흐릿한 것이건
눈은 닥치는 대로 촛점을 맞추려 한다.

어둠처럼 보이지만
가만히 들여다보고 있으면 어둠이 보이지 않는 어둠.
눈꺼풀을 닫으면 나타나는

온갖 색깔들과 형태들과 움직임들.

어젯밤 자는 동안에도
눈이 끊임없이 꿈을 쳐다보고 있는 통에
자고 나서도 머리가 무거웠다.

눈은
닫힌 눈꺼풀 속에서도 계속 눈을 뜨고 있다.

책 읽으며 졸기

잠이 깨는 순간마다
얼핏 책상 앞에서 졸고 있는 내가 보였다
고개가 한쪽으로 기울어져 있었다
코고는 소리를 얼른 멈추고 있었다
소매로 입가의 침자국을 닦고 있었다
졸음을 쫓아내려고 머리를 흔들고
열심히 눈을 비비고 헛기침을 하고 있었다
고개를 꼿꼿이 세우고 눈을 부릅뜨고
글자에 촛점을 맞춘 나는
더이상 졸지 않고 책에만 집중하였다
는 생각 속에서 허겁지겁 빠져나와
침 닦으며 눈 비비며 다시 잠 깨는 나를 보았다
이제야말로 깨어 있다는 생각을 하면서
내 머리통은 또 한쪽으로 꺾이어 있었다
분명히 멈추었다고 생각했던 코고는 소리를
다시 멈추고 있었다
부릅떴다는 생각 속에서 어느새 풀려버린 눈을

다시 번쩍 뜨고 있었다

또렷하게 보였던 글자들이

부랴부랴 허공에서 책 속으로 되돌아오고 있었다

이젠 정말로 정신 차리자고 기지개를 하고

고개를 세차게 흔들어본 다음

자세를 고치고 마음을 다잡아 글에 집중하였다

는 생각 속에서 깨어 침을 닦고 있는 나를

꺾인 고개를 얼른 세우고 있는 나를

굳게 붙어버린 눈을 뜨고 있는 나를

잠시 후 다시 보고야 말았다

책 보는 걸 아예 포기하고 책상에 엎드렸다

기다렸다는 듯 단내 나는 잠이 한꺼번에 밀려와

바로 깊은 잠에 빠져들었다

는 생각 하나가

잠 속에서 말똥말똥 눈을 뜨고 있었다

비만 고양이

쥐구멍이 없는 아파트.
쥐약과 덫이 없어도 쥐가 살 수 없는 아파트.
쥐 대신 바퀴벌레를 잡을 수도 없어
종일 누워 있는 고양이.

어두운 곳에 은밀하게 숨어 있지 않는 먹이들.
눈과 귀가 달려 있지 않아 뛰어 도망다니지도 않는 먹
이들.
발버둥칠 다리가 없는 먹이들.
한번 갖다놓으면 접시를 떠나지 않고
끝까지 한자리만 고집하며 얌전하게 담겨 있는 먹이들.
가르릉거리는 목과 등을 쓰다듬는 흰 손이
시계와 저울처럼 정확하게 갖다주는 먹이들.
피가 묻어 있지 않는 먹이들.
비명과 비린내와 체온이 위생적으로 제거된 먹이들.
수저 같은 혀만 있으면 목만 움직여도 편히 먹을 수 있
는 먹이들.

아파트에 최적화된 발소리 없는 발을 가지고 있어서
아무리 뛰어다녀도
아래층에서 씩씩거리며 올라올 목소리도 없지만
고기처럼 먹음직스럽고 뚱뚱한 쏘파 위에서
쿠션처럼 종일 누워 있는 고양이.
맨 처음 갖다놓은 자리에 아직도 그대로 있는 가구처럼
한번 심어놓으면 절대로 화분을 떠나지 않는 화초처럼
정해준 자리에만 가만히 누워 있는 고양이.

오토바이와 개

오토바이에 달린 개줄에 끌리어
개 한 마리
오토바이 따라 달려간다.
두 바퀴와 네 다리가 조금이라도 엇갈리면
개줄은 가차없이 팽팽해지고
그때마다 개다리는 바퀴처럼 땅에 붙어서 간다.
속도가 늘어나도 바퀴는 언제나 한 가지
둥근 모양인데
개다리는 네 개에서 여덟, 열여섯……
활짝 펼쳐지는 부챗살처럼 늘어난다.
사정없이 목을 잡아당기는 개줄에 저항하면
네 다리는 갑자기 하나가 되어
스파크를 일으키며 아스팔트에 끌린다.
아무리 달려도 서 있을 때처럼 조용한 바퀴 옆에서
심장과 허파를 다해 헐떡거리는 다리.
오토바이 굉음소리에 빨려들어가는 헐떡거림.
아무리 있는 힘을 다해 종종거려도

도저히 둥글어지지 않는 네 개의 막대기.

느슨해지자마자 팽팽해지는 개줄.

코뚜레

두 콧구멍 사이에
수갑처럼 둥근 자물통이 채워져 있네.
두 콧구멍이 괜히 둘로 갈라질 리도 없고
콧구멍을 열어 그 안에 은밀히 감춰둘 것도 없으니
콧구멍 금고에서 꺼낼 특별한 보물도 없을 터인데
이상하다,
죽음이 두 콧구멍을 영원히 갈라놓을 때까지
누구도 그 안에 들어갈 수 없도록
자물통에서 열쇠구멍을 완벽하게 없애버렸으니!

코는
소의 몸에서 가장 예민하고 부드러운 곳
붉은 혀만이 수시로 들락거리는 깊은 구멍일 뿐인데
저렇게 단단하게 잠가둔 걸 보니 수상해.
그 구멍에서 가끔 뜨거운 공기가 나오고
신음소리도 나오고
희고 걸쭉한 분비물도 나오는 걸 보니 더욱 수상해.

근질근질해서 견딜 수 없는 열쇠
열쇠구멍 없는 자물쇠를 열 유일한 열쇠, 도끼가
어느날 저 자물통을 부술 거야.
허나 도끼가 범할 일을 자세히 열거하고 싶진 않네,
저렇게 일평생 순결을 감금당하고도
도끼에 겁탈당할 이마
겁탈당할 피 겁탈당할 죽음을,
겁탈당한 후에 다시 발가벗겨질 가죽과
그 속에 든 발갛고 촉촉하고 말랑말랑한 순결을.

건강이 최고야

건강은

너무 건강한 건강은

건강이 너무 많아 어디다 써야 할지 모르는 건강은

겨울에도 반팔 입고 조깅하고 찬물로 샤워하는 건강은

몸에 좋다는 것 찾아 먹느라 시간 가는 줄 모르는 건강은

음모처럼 막무가내로 돋아나 아무때나 아무데서나 뜨거워지는 건강은

범행을 완강히 부인해왔다. 그러나 경찰이 렌터카에 묻어 있는 두 어린이의 혈흔을 확인하고 범행동기를 추궁하자 "술을 너무 많이 마시고 운전해 기억이 나지 않는다, 집에서 혼자 두 병 넘게 먹은 것 같다"고 진술을 번복했다가 다음날 다시 말을 바꾸어 "술에 취해 차를 몰고 가다가 아이들이 귀여워서 머리를 쓰다듬어주는데 반항해서 죽였다"고 범행을 일부 시인했다. 사건 초기 탐문수사에서도 경찰은 다세대주택 반지하방에서 건강을 검문

한 적이 있었으나 너무 건강해서 그냥 돌아갔다고 한다.

(영계의 흰 넓적다리 속에 삽입되는 순간 발기되는 이빨. 부드러운 근육의 탄력으로 이빨을 조여오는 육질. 쫄깃쫄깃하게 저항하다가 뜯겨지는 난폭한 뿌리들. 끈적끈적하게 분비되는 침들. 맛의 오르가슴을 느끼고 부르르 떠는 엄지발가락. 혀를 꽉 껴안고 전율하는 닭살.) 으으, 먹지 않고는 참을 수 없어, 핫크리스피 치킨!

아, 잠깐, 잠깐만. 건강이 막 나오려고 그래. 아으, 참을 수가 없어. 가만히 좀 있어봐. 쌀 것 같단 말이야.

애들아, 학원 갔다 이제 오는구나. 이 귀여운 얼굴로 몇시간 동안 칠판만 쳐다봤니? 건강도 생각해야지. 이 아저씨는 너무 건강해서 미치겠구나. 텔레비전에서 광고하는 핫크리스피 건강 알지? 한 마리 사줄게 따라올래?

딸

바퀴 달린 커다란 바윗덩어리, 지게차에
정면으로 받혔다고 한다. 아빠는
피가 쏟아져나오던 콧구멍으로
몇번인가 강제로 숨을 더 몰아쉬었다고 한다. 까르르

세살 여자아이가 장의버스 안에서 웃고 있다.
죽음이라는 말이
한번도 건드려본 적 없는 그 웃음을 보고
겨우 참았던 울음이 여기저기서 나직하게 터지고 있다.

삼계탕

뱀 아가리 속같이 길고 컴컴한 당신의 목구멍과 식도 속으로
닭이 된 어린 영혼 하나가

들어간다 털과 목과 다리와 내장을 칼날로 씻기고
끓는 물에 비린내와 뻣뻣함과 질김까지 다 씻기고 나서

들어간다 영혼의 눈알 같은 기포들이 잠깐 세상을 보고 사라지는 국물 속에서
마침내 보들보들하고 뽀얗고 고소한 죽음이 되어

들어간다 봄이 오면 무덤 위에 파란 잔디가 피어나듯이
어린 닭이 묻힌 당신의 몸 위에도 자랑처럼 닭살이 무성하게 돋아나도록*

* 윤동주의 「별 헤는 밤」 패러디.

회색양말

회색양말을 신고 나갔다가 집에 와 벗을 때 보니
색깔이 비슷한 짝짝이 양말이었다.
이젠 아무래도 좋다는 것인가.
비슷하면 무조건 똑같이 읽어버리는 눈.
작은 차이를 일일이 다 헤아려보는 것이 귀찮아
웬만한 것은 모두 하나로 묶어버리는 눈.
무차별하게 뭉뚱그려지는
숫자들 글자들 사람들 풍경들 앞에서
주름으로 웃는 눈.
웃음으로 얼버무리면 마냥 사람 좋아 보이는 얼굴.
이젠 아무래도 좋단 말인가.
빨래바구니에 처박히자마자
저마다 다른 발모양과 색깔과 무늬와 질감을 버리고
빨랫감 하나로 뭉뚱그려지는 양말들.

대머리

당연히 대머리 아저씨 머리에 있어야 할 대머리가
어느날, 내 거울에 와 있는 것을 본다.
죽어도 저렇게 살지는 않겠다고 발음하는 주둥이가
달린
대머리 얼굴을 쳐다본다.
암처럼 비행기 사고처럼 당연히 남의 일이어야 할 대
머리가
내 목 위에 뻔뻔하게 붙어 있는 것을 본다.
여기까지 찾아온 걸 보니
오라는 곳은 없어도 갈 곳은 참 많았겠구나.

너
맞고 대머리 될래, 그냥 대머리 될래?
이미 머리털을 뽑을 만큼 뽑아놓고서 그가 묻는다.
어린 몸에 처음 음모가 나던 날의 다그침과 같은 목소
리다.
벌써 시키는 대로 고분고분 세상에 태어났다는 걸

그는 이미 알고 있는 것이다.

이왕 이렇게 되었으니 박박 밀어버릴까?

일단 방위머리 정도만 치고 경과를 두고 볼까?

(여인들은 말하리라, 저이 머리는 어쩌면 저렇게 벗어
진담!)*

앞머리 옆머리를 힘껏 밀어넘겨주세요.

바람이 파도를 밀어올리듯이* 그렇게 밀어넘겨주세요.

귀 바로 위에서부터 머리를 밀어올려

대여섯 가닥으로 드넓은 언덕을 다 덮으려는

(죽어도 당신처럼 살지는 않겠다구요!)

내 새로운 거울을 본다.

가발이나 써볼까?

아냐, 모자를 쓰고 다니는 게 좋겠어.

썼다 벗었다 할 수 있고 더우면 땀도 닦을 수 있고

얼마나 좋으냐?

어차피 머리라는 게 대갈통에 붙박인 모자 아니냐?

네, 안 맞고 그냥 대머리 되겠습니다.
대머리 까진 증명사진을 내 얼굴로 인정하겠습니다.

거울을 보는 순간, 난 이미 알아버렸다.
모든 대머리는 태어날 때부터 대머리인 것이다.

* 각각 T. S. 엘리어트의 「J. A. 프루프록의 연가」와 서정주의
「추천사」에서 인용.

눈이 나빠지다

빈속에 먹은 커피가 독했는지 좀 어지럽다.
거리를 걷는데
바닥을 밟는 순간
자꾸 바닥이 허공과 섞여 푹푹 들어간다.
허공이 많이 섞인 바닥을 밟다가
한쪽 발이 또 비틀거린다.
그동안 눈이 많이 나빠졌다.
촛점을 맞추려 하면
글자도 거리도 자꾸 공기가 섞여 흐릿해진다.
그걸 보려고 눈알은 더욱 커진다.
눈에 공기가 너무 많이 들어간 탓이다.
때로 공기는 딱딱하고
글자와 거리는 물렁물렁해서
공기에 가려진 글자가 갑자기 흐려졌다가
한참 꾸물거리고 난 후에야 또렷해진다.
건물 한쪽이 느닷없이 뻥튀기처럼 부풀었다가
움푹 들어갔다가

흐릿해졌다가
발이 바닥을 한번 헛디디고 나서야
겨우 튼튼한 모서리를 되찾아 또렷해진다.
공기와 섞여 흐릿해진 사람들이
나를 관통하며 휙휙 지나간다.
공기와 섞여 윤곽이 흐릿해진 내 몸이
가로수를 관통하며 지나가려다가 쿵 부딪힌다.
손 대신 눈알이 먼저 이마를 더듬는다.

고속도로

거무스름한 길이 뽑혀져나온다.

지름이 십 미터도 넘을 것 같은 굵은 밧줄이 뽑혀져나
온다.

지평선에서 산허리에서 숲에서 쉴새없이 뽑혀져나온다.

한 시간이고 두 시간이고 세 시간이고 지치지 않고 뽑
혀져나온다.

박찬호의 직구 같은 속도로 뽑혀져나온다.

거칠 것 없이 뽑혀져나오는 속도에 다치지 않으려고

논과 밭, 나무들과 건물들이 좌우로 재빠르게 비켜선다.

산과 부딪치면 산이 단숨에 두 쪽으로 갈라지고

절벽이 가로막으면 밑으로 가차없이 기다란 구멍이 뚫
린다.

뽑혀져나온 길이 가만히 서 있는 자동차 바퀴를 맹렬
하게 굴린다.

자동차는 가만히 있는데 바퀴는 맹렬하게 굴러서

바람이 전기톱으로 베어지는 소리가 들린다.

삼겹살처럼 얇고 넓적하게 잘린 바람이 창틈으로 들

어와

    눈을 후벼파고 머리카락을 거칠게 쓸어넘긴다.

    올챙이 다리 달리듯 가로수와 전봇대와 건물에 시간이
돋아난다.

    풍경은 속도와 반죽되어 윤곽이 지워지며 흐려지고

    시간은 엿처럼 찍찍 늘어지며 창밖으로 지나간다.

무궁화호 열차

이십년 만에 무궁화호 열차를 탔다.
무궁화호 열차에서는 무궁화호 열차 냄새가 났다.
엉덩이 자국이 푹 파인 의자
수천명의 엉덩이 무게를 기억하고 있는 의자
수만명의 몸냄새를 꼼꼼하게 되풀이하고 있는 의자
숨을 쉬자 무궁화호 열차가 통째로 폐에 들어왔다.

무궁화호 열차는 화장품 냄새 사이에서
용케 지린내만 골라 그 정수를 끈질기게 품고 있었다.
술에 찌든 입냄새들의 농축액
양말의 올 사이로 새어나오는 발냄새의 진액도
유물처럼 제 속에 잘 보존하고 있었다.
한때 성감대를 뜨겁게 자극했을 연인들의 단내도
쿠션 깊숙한 곳에 스며들어 늙어가다가
이제 바짝 마른 노린내만 겨우 붙들고 있었다.
조상 대대로 이어져온 비린내,
김칫국 냄새와 뒤섞여도 정체성을 잃지 않고

사타구니와 겨드랑이와 콧구멍을 통해 이어져온 비린 내를
　　오늘의 무궁화호 열차에서 되살리고 있었다.

　　이십년 전의 무궁화호 열차를 오늘 탔다.
　　내 폐 속으로 들어와
　　편안하게 핏줄을 타고 온몸으로 퍼지는 무궁화호 열차.
　　젖내를 풍기며 자고 있는 아기의 숨소리로
　　배꼽티 안에서 두근거리는 처녀 가슴의 울림으로
　　끊임없이 리모델링되고 있는 무궁화호 열차.
　　차창을 내다보며 꽃빛깔에 몸 비비다가
　　봄날의 밀양 들판 햇빛을 가르며 달리는 무궁화호 열차.

개 2

명치나 아랫배 어딘가를 꽉 누르고 있는
물을 들이켜도 똥오줌을 싸도 뚫리지 않는
기침해도 게워도 꿈쩍도 하지 않는 것을
힘차게 입 밖으로 뽑아내자
세차게 개 울음소리가 터져나왔다.
그 울음소리에 이빨이 달리더니
울음소리를 하얗게 덮으며 털이 돋더니
꼬리를 매달고 제자리에서 껑충껑충 뛰더니

개 한 마리가 대문을 향해 짖고 있었다.
너무나 많이 허공을 향해 짖어서
공기에 스며들자마자 바로 없어지는 울음이었다.
너무 오랫동안 개줄에 매여 있어서
나무말뚝 주위만 빙빙 도는 울음이었다.
주인 앞에서 너무나 많이 꼬리를 흔들어
아무때나 스위치처럼 잘 켜졌다 꺼지는 울음이었다.
매에 여러 차례 단련되어

아무리 사납게 짖어도 둥글게 잘 뭉쳐지는 울음이었다.

대문 밖 인기척이 사라지고 한참이나 지나서야
그 울음은 묵직한 돌멩이 같은 것에 눌려서
게으름 속으로 깊이 들어가
엿처럼 바닥에 찰싹 눌어붙은 채 일어나지 않았다.
밥찌꺼기와 때가 굳어 붙은 찌그러진 밥그릇을
지치도록 쳐다보고 있었다.
울음은 안테나처럼 귀를 쫑긋거리며
주위의 모든 소리를 남김없이 잡아챘지만
일어나지 않고 그 자리에 가만히 고여 있었다.

미아 재개발지구

집들이 덤프트럭에 실려간다.
트럭이 느릿느릿 흔들릴 때마다
냉동육처럼 족발과 순대처럼 흔들리며 실려간다.
포클레인이 집을 떠내 트럭에 싣고 있다.
트럭에 실리기를 묵묵히 기다리며
집들은 아직도 산더미처럼 쌓여 있다.
포클레인이 잘 떠낼 수 있도록
기왓장과 벽돌담, 철근과 변기, 타일과 스티로폼,
깨진 거울과 계란판, 십자가와 콘돔이 뒤엉켜 붙어
있다.
연탄 리어카가 겨우 들어가던 골목길도
모과빛 창문이 새어나오던 판잣집도
발걸음 소리만 나면 컹컹 짖어대던 녹슨 철대문도
씨멘트 덩어리 사이에 뒤죽박죽 끼여 있다.
아직 도살되지 않은 헌집 몇채가
거대한 집 더미 바로 옆에 서 있다.
오랫동안 떨고 있었는지 유리창이 모두 깨져 있다.

문짝들은 너덜거리거나 떨어져 있다.
'사람 있음'이란 판자때기를 세워놓고
끝까지 살며 버티던 사람들이 빠져나가자마자
갑자기 늙어버린 집들이
그 자리에 풀썩 주저앉을 듯이 서 있다.
'세입자 주거권도 보장하라'고 데모하던 사람들도
다 떠나고 나니
이젠 포클레인이 툭 건드려주기만 하면
와르르 무너져 즉시 쓰레기가 되어버리겠다는 듯
마지못해 직립하고 있다.
라면봉지, 캔, 우유팩, 생리대와 뒤섞여
집들이 덤프트럭에 실려가고 있다.

황사

흙먼지 비린 냄새.
중국 냄새. 몽골 냄새.
고비 사막 냄새, 타클라마칸 사막 냄새.
사막에서 햇빛에 곱게 갈린
죽음들의 냄새.
모든 분비물과 소리와 동작이 정화된 후에
고요하고 거대한 흙의 질서 속으로 들어간
살과 피와 뼈들의 냄새.

내 코에 안착할 때까지
바람의 길을 따라 멀리도 날아왔구나.
바람의 입자처럼 미세한 알갱이에
사막과 바다를 덮고도 남을 거대한 날개를 달고
살아서 이동한 거리보다
더 멀리 항해했구나.
하나의 몸이
하나의 생(生)에 그토록 단단하게 결박되었던 몸이

흙과 바람으로 깨끗하게 씻기고 나서
무수히 많은 입자로 쪼개지고 나서

이렇게도 광활하게 대기와 대지에 퍼지고 있구나.
숨쉬는 것들마다 찾아다니며
모든 구멍과 틈으로 스며들고 있구나.
그 깨끗한 향기에 매연과 중금속을 뒤집어쓰고
다시 세상의 상처가 되어
지금 막 내 폐 속으로 들어왔구나.
또다른 몸
또다른 결박 속으로 들어왔구나.

감정 사치

철제 막대에 끈으로 묶여 파닥거리는 바람. 얇은 천막의 두께 틈으로 들어오는 바람. 갑자기 고래 뱃속처럼 불룩해지는 천막의 두께. 요동치는 지느러미. 올 안에서 일제히 일어나는 비늘. 천막 속으로 잘못 들어와 날뛰는, 왜 날뛰는지 알 수 없어 어쩔 수 없이 날뛰는 바람.

바람이 들어가지 않아 직선 속에서 꿈쩍도 하지 않는 씨멘트벽. 바람을 기웃거리는 유리창. 흔들림, 유리창이 직선으로 휘어지는, 직선으로만 너덜거리고 펄럭거리는 완고한 방식. 유리창을 들여다보다 구름과 함께 휘어지는 맞은편 건물들. 건물이 잠깐 입 벌리는 사이, 건물 뱃속에 삼켜져 있다가 밖을 내다보는 사람들.

씨멘트벽에 매달려 출렁거리는 천막. 물결치는 천막 밑은 깊은 수면. 얇은 껍데기로는 감당할 수 없는 물결의 깊이. 천에서 올올이 풀리려고, 풀려서 머리카락처럼 마구 헝클어지려고, 헝클어져서 아무데나 마구 흐트러지려

84

고 뒤틀리며 용쓰는 바람. 풀려 날아가려는 날실과 씨실을 견고하게 붙들고 있는 천막.

천막 속에서 파닥거리다가 풀려나오자마자 씨멘트벽에 부딪혀 주르르 흘러내리는 바람. 뚝뚝 떨어져 바닥에 고이는 바람. 무뚝뚝한 사각 속으로 스며들어 굳어가고 있는 바람. 땅에 굳게 박힌 채 서 있는 우람한 바람.

소싸움

뿔 [명] ①해골로 된 혹. ②두개골을 뚫고 나온 두개골. ③뇌 없는 해골.
   ④해골에 스며든 두려움, 분노, 증오, 슬픔 따위가 오랜 세월 동안 원뿔
   형으로 자란 것.

뿔에 매달려 씩씩거리는 커다란 뿌리를 보라.
피의 힘으로 노려보는 눈.
끓자마자 기화된 분노를 뿜어내는 코.
벌어진 입속에서도 튀어나오는
흰 두개골들, 공기를 짓씹는 이빨들.
용수철처럼 튀어나가기 위해 흙을 파헤치는 뒷발.

소가죽 속에 뻗어 있는 뿔의 붉은 뿌리가
달려간다. 박는다. 민다. 밀린다. 부딪치며 민다.
제 에너지에 감전되어 부들부들 떨리는
피와 근육의
스파크.
땅이 깊이 파이고 놀란 흙덩이가 마구 튀어오른다.

버클리에서

굿모닝, 하우아유!
아는 사람 없는 버클리 거리에서
누군가 친근하게 나를 부르고 있었다. 얼른 돌아보니
따뜻한 날씨에도 겨울옷을 입고
때 묻은 이불을 들고 다니는 홈리스였다.
지나가는 아무에게나 말을 걸면서
열심히 중얼거리고 있었지만
그 말은 지나가는 누구의 귀로도 들어가지 않았다.

아무 쓸모가 없어 말의 기능을 잃은 말.
성대의 울림과 혀의 발음으로 겨우 버티는 말.
지나가는 이들을 건드려보지만
걷는 속도에 부딪쳐도 힘없이 나동그라지는 말.
듣는 이 없어 모든 허공이 귀가 되는 말.
고막들이 자물쇠처럼 굳게 채워져 있는 수많은 귓속
에서
몇가닥 발음으로 겨우 말이 되려는 말.

무시하고 바삐 걸어가는 행인들처럼
무심한 표정으로 가볍게 튕겨냈어야 할 그 말을
나는 그만 듣고야 말았다.
그 말을 향해 고개를 돌리고야 말았다.
그 말을 발음한 얼굴의 눈을 쳐다보고야 말았다.
그 순간 아무런 힘도 의미도 없던 말은
그 눈빛의 의미를 받아 갑자기 생기가 나기 시작했다.
허공에서 떠돌던 모든 귀들이
재빨리 그의 눈과 내 눈 사이로 모여들었다.

한눈에 내 모든 비밀을 알아보았다는 듯
그의 눈은 오만한 웃음을 웃고 있었다.
오랫동안 노숙의 어둠으로 단련된 컴컴한 눈은
아무리 감추려고 해도 감춰지지 않는 어떤 순간을
나에게서 발견했다는 듯 의기양양했다.
나는 고개를 돌렸지만

그것은 이미 한눈에 내 속의 어둠을 들키고 난 후였다.
하마터면 나도 그의 어둠을 알아보고 반가워서
그에게 가 말을 붙일 뻔했다.
언제라도 다시 오라는 듯 웃는 눈빛을 등뒤로 받으며
내 발걸음은 앞으로만 나아갔다.

홈리스의 말은 다시 가벼운 소음이 되어
지나가는 사람들을 악의 없이 툭툭 건드리고 있었다.
듣는 귀는 하나도 없지만
거대한 허공이 모두 자신의 집이라는 듯
말들은 허공 속으로 마구 퍼져 스며들고 있었다.

버클리에서 2

거리를 지나가고 있는 나에게
그는 반갑게 웃으며 말을 붙여왔다.
흑인이었지만
너무나 친근한 표정이어서
내가 아는 사람이 아닌가 자세히 살펴보았다.
흑인의 얼굴과 잘 굴린 영어발음에서
독한 이국의 향이 확 끼쳐왔다.
내가 지나가고 난 후에도 그는
내가 지나쳐온 공기를 향해 계속 말을 하고 있었다.
그는 제 말에 취해 있었다.
제 말에 혀가 꼬부라지고 있었다.
제 말에 인사불성이 되어 있었다.
비틀거리며 방향도 없이 가는 말에 붙들려
혀에 달린 크고 튼튼한 팔다리가
순순히 끌려가고 있었다.
그 독한 말에 취한 혀를 깨워줄 귀는
어디에도 보이지 않았다.

막대기 속의 풍경

아파트와 아파트 사이, 막대기 같은
길고 좁은 틈이 있다.
길들, 푸른 나무들, 움직이는 것들은
그 투명한 막대기 속에 있다.
아이들 떠드는 소리, 아줌마들 웃음소리, 엔진소리도
그 대롱 속에서 회오리치다가
가까스로 빠져나온다.
먼 산의 고요한 능선은 연필심처럼 짧아
언제나 직선이다.
아침이 되면
막대기에 형광등같이 희고 기다란 빛이 들어온다.
어둠도 눈도 비도 바람도
곧고 좁은 수직선 안에 끼여서 온다.
가끔 검은 막대기 끝에서 별이 뜨기도 한다.

손가락들

옷을 갈아입고 외출하다
뭔가 쓰려고 보니 주머니에 볼펜이 없다.
적어놓지 못한 생각들이 불안하다.
얼른 종이에 찰싹 들러붙지 못해 우왕좌왕한다.
쓰는 데 중독된 손가락은 무엇을 해야 할지 몰라
　공연히 주머니에서 핸드폰으로 수첩으로 돌아다니고
있다.

　손가락들
다섯 가닥으로 갈라지고 마디가 있는
포클레인처럼 한 방향으로만 굽어지는
버스 손잡이든 신문이든 쥐고서
흙과 돌을 잔뜩 움켜쥔 뿌리를 흉내 내고 있는
꽃과 잎을 잔뜩 매단 나뭇가지를 흉내 내고 있는
　잇몸에서 돋은 이빨처럼 무엇이든 곧 물 준비가 되어
있는
　손가락들

겨울나무처럼 이파리 하나 없이 비어 있는 동안
손가락은 볼펜심처럼 단단하고 뾰족하다.
무언가 쓰려는 듯 올라와서
허공에서 어디로 갈까 멈칫거리다
하릴없이 머리를 긁고 또 머리칼을 쓸어넘기고
코를 만지작거리고 콧구멍을 더 깊이 후비고

황사 2

2006년 4월 8일. 눈알이 서걱거린다. 입안이 지근거린
다. 거리로 나서니 갑자기 물컹한 안개덩어리가 얼굴을
확 덮는다. 하늘로 번쩍 들어올려진 황토사막. 기화(氣化)
되어 날아다니는 거대한 땅덩어리. 바람에 걸쭉하게 반죽
되어 국숫발처럼 콧구멍으로 들어오고 있는 땅덩어리.

철새처럼 중국대륙과 황해를 건너온 고운 흙먼지 하나
를 마신다, 온몸이 날개인 몸 하나를, 날갯짓하지 않아도
스스로 부력을 얻은 날개 하나를, 날지 않아도 스스로 날
아가는 날개 하나를, 무게와 온도와 물기와 에너지를 버
린 후에도 남은 최후의 몸 하나를, 너무 많은 죽음을 거
쳐오느라 더이상 쪼개지지도 않고 가벼워지지도 않는 몸
하나를.

점심시간. 밥 먹으러 나가는 내 눈 속으로 들어온 흙
한줌. 내 지문으로 들어와 빙빙 돌고 있는 흙길 하나. 내
땀구멍에 박힌 모래산 하나. 내 주름 사이로 비집고 들어

와 자리잡은 중국 북부의 마을 하나. 내 이빨 사이에 낀 타클라마칸 사막, 침과 함께 내 목구멍을 넘어가는 고비 사막. 내 재채기와 함께 입에서 부챗살로 퍼져나가는 덴켈 사막. 생선냄새에 붙어서 코로 들어오는 황토고원, 후춧가루와 조미료에 섞여 국물에 뿌려진 네이멍구 고원, 긴 소장과 대장을 지나 오줌에 섞여 변기로 빠져나가는 중국대륙.

식당에서 나온다. 묵처럼 물렁물렁한 공기를 휘저으며 걷는다. 흙탕물 같은 공기덩어리를 사방으로 튀기며 차들이 질주한다. 이 뻘늪은 참 헐렁하다. 뻘늪 속에 빠지고도 살아 있는 사람들이 지직거리는 텔레비전 영상처럼 내 옆을 지나간다.

빗소리

비는 내리지 않았지만 빗소리는 산에 가득하였다.
큰비가 올 것 같아 서둘러 피할 곳을 찾았다.
한참 지나도 비는 오지 않고
빗소리는 더욱 세차게 울렸다.
귀를 한껏 열어 소리를 따라가보니

빗소리가 나는 곳은 바람 속이었다.
날아오르려고 몸부림치는 나뭇잎들이었다.
그 많은 잎들을 다 붙잡고 어쩔 줄 몰라
마구 흔들리기만 하는 가지들이었다.
터질 듯 부풀어올라 곧 토할 것 같은 내 허파였다.
소리는 그냥 쏟아져내리는 것이 아니라
사납게 솟구쳐오르기도 하고
숲을 통째로 들어올릴 듯 뒤흔들기도 하고
점점이 흩어져 날리기도 하였다.
빗소리에 맞아 나무 근육들은 꿈틀거렸고
뿌리들은 땅 위로 기어나와 들썩거렸고

잎들은 하얗게 뒤집혀 버둥거렸고
땅은 콧김을 뿜어댔고
내 입에서는 비린내가 덩어리처럼 확확 뿜혀나왔다.

산꼭대기에 이르도록 비는 내리지 않았지만
내 몸은 휘몰아친 비로 흠뻑 젖어 있었다.

문구점 앞에 멈추어서서

할머니가 도로변 문구점 앞에 멈추어서서
쪼그려앉은 아이들의 전자오락을 구경하고 있다.
요란한 속도와 전자음을 따라
재봉틀 바늘처럼 아이들 손가락이 단추를 두드리면
화면에서는 근육질 남자들이 격투를 벌인다.
엽기토끼가 그려진 빨간 가방을 메고
검은 머리에 초록색 블리치를 한 작은 할머니,
초등학생 소녀처럼 움직이지 않고 서서
눈동자로 현란하게 움직이는 화면을 따라간다.
도복 입은 남자의 빠른 돌려차기에
근육질 레슬러가 피를 토하며 쓰러졌다 일어난다.
피맛을 본 손가락이 더욱 빠르고 경쾌하다.
전자레인지에서 생선을 익히는 힘으로
사각의 스크린을 천연색으로 달구는 뜨거운 속도는
이미 여러번 할머니의 몸을 관통했다.
팽팽한 젊음은 그 속도에 익어 쭈글쭈글해졌다.
화상을 입은 듯 약간 뒤틀려 오그라든 입은

놀란 생선처럼 벌어져 침이 흘러나오는 중이다.

문구점 앞 도로에서는 속도로 변한 시간이 씽씽 지나
간다.

바람은 무지막지한 속도를 피하려다가

전자오락 구경하던 가로수와 부딪혀 크게 흔들리고

다시 튕겨나와 기우뚱하는 할머니를 흔든다.

가벼운 감기몸살이나 두통으로 위장해서

아무렇지도 않게 할머니를 관통하여

굵은 주름살 화상을 입혔던 저 속도는

콘센트처럼 어린 손가락들마다 접속되어 있다.

천연색으로 도색된 어린 눈망울 속으로

스파크를 일으키며 스며들고 있다.

울다 깨다

잠에서 깨었는데도
나는 여전히 울고 있었다.
꿈은 깨지 않은 채
잠만 깨어 울고 있었다.
가지가 붙인 나무가
내장에 뿌리를 뻗으며
활활 자라고 있었다.
어깨와 등뼈가 울먹일 때마다
눈알과 식도가 뜨거웠다.
빨갛게 달궈진
실핏줄이 지나가는 자리마다
몹시 따갑고 간지러웠다.
잠에서 깨자마자
내 눈을 뚫고 나온 가지 하나는
아침 공기에 닿자마자 녹아
뺨이 벌겋게 데이도록
흘러내리고 있었다.

왜 우는지 기억나지 않는데도
눈물은 그치지 않았다.

옛날 사진 속에서 웃고 있는

나를 보고 있다, 카메라를 쳐다보는 순간 정지되어 있는 나를, 스물두살에서 정지된 내 나이를, 48킬로그램에서 정지된 내 몸무게를, 아직도 30년 전의 짜장면을 소화시키고 있는 내 배를, 무엇이 즐거운지 이빨이 다 보이도록 벌어져 있는 내 웃음을, 웃음 때문에 증오가 조금 지워지고 있는 내 표정을, 웃음 속의 내 치석을

내가 보고 있다, 너무 많이 변하여 한번도 나였던 적이 없는 내가, 시간을 겹겹이 처바르고 껴입어 이제는 전혀 다른 인간인 내가, 시간의 열기와 압력으로 튀겨지고 뒤틀리고 구겨진 내가, 이미 늙은 생각이 두개골에 가득 찬 내가, 수백번 고이고 배출한 후에 이제 막 새 정액으로 갈아넣은 고환을 달고 있는 내가

나를 보고 있다, 찬물에 빨랫비누로 머리 감은 나를, 빵구난 양말을 구두로 가리고 있는 나를, 누런 냄새 나는 속옷을 양복으로 가리고 있는 나를, 겁 많은 눈을 어색한

웃음으로 가리고 있는 나를, 자폐적인 수줍음을 겸손처럼 보이는 침묵으로 간신히 가리고 있는 나를, 빛에 낱낱이 드러났는데도 여전히 사진 속에서 숨을 곳을 찾는 나를

　내가 보고 있다, 소닭돼지를 열심히 씹어 비듬과 무좀으로 만들고 있는 내가, 옆머리를 빗어올려 가까스로 가린 대머리로 무언가를 생각하려고 애쓰는 내가, 건조되고 있는 안구로 자꾸 무얼 보려는 내가, 뒤꿈치에서 각질이 벗겨지는 발로 어딘가를 부지런히 가고 있는 내가, 아직도 수염에서 슬픔과 두려움이 자라고 있는 내가

이층에서 우는 아이

또 이층에서 아이 울음소리가 내려온다.
이 허름한 자취방 이층에는 쿵, 쿵, 쿵,
낮이면 언제나 천장을 울리는 발소리가 있고
저녁 일곱시만 되면 알람시계처럼 정확하게 우는
울음소리가 있다. 아이 울음소리는
벽을 타고 내려온다.
울음소리가 마음껏 내 머리통을 두드리도록
내 귓구멍은 멍청한 입처럼 벌어져 있다.
악쓰는, 윽박지르는, 한숨이 엿처럼 찍찍 늘어나는
중년 여자의 목소리에 숨통이 조여
시작된 어린 울음소리는
점점 제 슬픈 흥에 취해 단맛이 든다.
곰삭은 뽕짝처럼 잘 익은 리듬을 탄다.
제법 곡조에 탄력이 붙어
그칠 때가 한참 지나도록 그칠 줄을 모른다.
울음을 뽑아낼 만큼 뽑아낸 지휘봉 같은 어른 목소리는
부드럽고 낮은 음성으로

조용히 울음을 달래며 타이른다.

울음은 일용할 양식을 모두 소화시키고 나서

억센 수마(睡魔)에 붙들려 간신히 그친다.

울음이 끝나자마자

매 맞은 뒤에 갑자기 착해진 아이처럼 밤이 온다.

컴컴하고 겁 많은 거대한 정적이 온다.

오늘도 꿰맨 자리 없이

울음이 낮과 밤을 가만히 이어놓는다.

아이 울음소리는 아직도 벽에 배어 있다.

아이가 자는 동안에도 쉬지 않고 벽을 진동시킨다.

내 귓속에 주둥이를 대고 밤새도록 꿈을 들쑤신다.

아이가 눈부시게 환한 눈을 동그랗게 뜨면

숨어서 눈치를 보며 착하게 말썽을 부릴 아침이

또 와 있을 것이다.

60년대 동화

먹을 것밖엔 아무 생각도 없던 어린 시절.
점심은 없어도 아무도 배고프다 하지 않았죠.
하루종일 먹을 수 있는 간식
아무리 먹어도 배부르지 않은 간식
우리에겐 되새김질이 있었으니까요.
아침에 먹은 보리밥과 시래깃국과 김치를
보온밥통과 냉장고에서 꺼내듯
아무때나 꺼내 먹었지요.
우리들 배 안엔 언제나 간식들이 가득했죠.
심심할 때도 배고플 때도
언제나 목구멍으로 간식을 꺼냈죠.
크리스마스엔 고깃국과 과자가 나오는 간식.
설날에는 떡국과 과일이 올라오는 간식.
입안 가득 간식을 물고 있느라
우리들 뺨은 늘 풍선처럼 둥글고 뚱뚱했지요.

저런!

간식이 방바닥에 잔뜩 엎질러졌네요.
아이들끼리 놀다보면 서로 티격태격할 순 있죠.
입안 가득 맛있는 간식을 꺼내는
하필이면 그 순간에
독 오른 주먹이 아구통으로 날아갔죠.
간식이 폭죽처럼 터져
아이들 얼굴과 옷과 방바닥으로 화려하게 튀었죠.
맞은 아이는 어느 때보다 신나게 울었죠.
맞아서 아픈 거야 대단할 게 있나요.
기껏해야 멍이나 들지 아무렇지도 않은걸.
그러나 간식 엎질러진 건
참을 수도 없고 참아서도 안되는 일.
모든 걸 잃은 듯 울부짖는 소리가 들리고
이어서 오는 알 수 없는 냄새.
입안에 있을 땐 그렇게 달던 간식이
입 밖에선 쉰내와 썩은 내를 다하여 고약했으니!

오래된 땅

살갗 밑으로 푸른 뿌리들 지나가는 것이 보입니다.
팔뚝에서 손등으로, 목에서 이마로
가지 치며 뻗어가고 있습니다.
거죽 밖으로 나오려는 굵은 뿌리를
살가죽이 간신히 누르며 덮은 곳도 있습니다.
가만히 보면 눈알도 붉은 잔뿌리들이 움켜쥐고 있습
니다.
살도 오래된 땅이라는 듯
비바람에 파이고 그 주름 고랑으로 땀 흘러내리고
그 위로 들풀 같은 털이 듬성듬성 자라고 있습니다.
따뜻하고 물컹물컹한 살은 안에 감추고
거죽은 황야처럼 한껏 질겨지고 거칠어지고 있습니다.
발바닥을 부드럽게 받았다가 밀어내는 흙길처럼
손바닥 닿는 자리에 두툼한 주름살이 만져집니다.
쭈글쭈글하다는 건
살가죽과 속살 사이에 팽팽하던 공기가 빠지고
그 자리에 허공이 가득 들었다는 것이겠지요.

보육원에서

내가 웃으며 가까이 다가가자
아이는 처음 보는 나를 향해 두 팔을 활짝 벌린다

팔 벌리자마자 갑자기 아이 앞에 나타나는 허공
어서 채워지기를 기다리는 커다란 허공

내 품에 안기자마자, 철컥
아이는 자석처럼 들러붙어 떨어지지 않는다

그 아이 뒤에는 다른 아이들이 있다
어린 눈마다 뚫려 있는 거대한 허공이 나를 쳐다보고
있다

해설

침착한 명랑, 즐거운 우울
최현식

노란 병아리가 공단 네거리에 나왔다. 코뚜레에 너무 오
래 붙들린 소가 눈으로 말하고 있다. 지하철에서 장애인
이 다리를 절며 팔랑팔랑 지나가고 있다. 도심 한가운데
서 아이가 위태롭게 엄마를 찾아 부른다. 노인들이 내일
이면 멀어질 것 같은 햇볕을 쐬느라 바쁘다. 김기택이 오
래전부터 조심스럽게 건사해온 이들은 여전히 안녕한가.
　겉모습만 본다면 이들은 삶의 저점을 막 통과해가는
매우 위태로운 존재들로 느껴진다. 이른바 '연민'의 발동
이리라. 그러나 이들은 스스로를 찾아갈 줄 아는 의외로
미쁜 존재이며, 또 우리의 강인함과 명민함이 실은 얼마
나 허약하고 편파적인가를 되짚어주는 명경(明鏡)들이다.
과연 이들은 혼자 깔깔대는 명랑과 물기 질척이는 우울
을 밀어내며, 이 땅에 다녀가는 존재의 의미를 침착하고
즐겁게 새기는 데 충실하다. 따라서 우리는 이들의 움직

임을 습득된 지혜에 의한 처신보다는 맑디맑은 고유성의
발현으로 이해함이 보다 정당할 듯하다.

> 걸음에 연결된 모든 관절을 조금씩 마비시키는 죽음
> 동작 속에 스며들어 보이지 않게 자라온 죽음이
> 있는 힘을 다해 품위를 잃지 않으려고
> 사뿐사뿐 걷고 있다.
>
> ──「한가한 숨막힘」 부분

　노인에게 세상을 지배하는 그 "무례하고 거친 바람",
그러니까 "옆으로 휙휙 지나가는 젊은이들의 빠른 시간"
에 맞설 수 있는 힘이 달리 있을 리 없다. 비장의 무기는
젊은이들이 결코 탐할 수 없는, 아니 피해 도망가기 바쁜
죽음에 존재의 주권을 넘기는 것이다. 이 순간 죽음은 공
포와 허무의 집행관이 아니라 너와 나의 '품위'를 정중히
품신(稟申)하는 예의바른 사자(使者, '死者'가 아닌!)로 변신
한다.
　당신은 이 죽음의 변신을 세상과의 화해라거나 긍정적
시선의 확대라는 손쉬운 말로 넘겨짚고 싶은 유혹을 느
낄지도 모른다. 그러나 김기택은 새 시집 『껌』에서 그것
이 얼마나 간사하며 얻을 것 없는 미혹에 불과한 것인가

를 "사뿐사뿐" 이야기하고 있다. 거기에는 감각과 시좌
(視座)의 재편이 진행중이며, 그동안 거의 볼 수 없던 자
아에 대한 직핍한 탐구가 정립되는 중이다. 이 웅성거리
는 전환과 의외로운 시계(視界)의 출현을 엿보는 일은 어
수선하고 불량하기 짝이 없는 이 시대를 '껌'(「껌」) 씹는
가장 유쾌하고 유효한 방법 중의 하나일 것이다.

*

  탄성(彈性) 혹은 탄력은, 튕김과 반동의 성질이 지시하
듯이 젊음과 변화 같은 긍정적 부면에 연동되는 경우가
많다. 하지만 그것은 눈대중의 짐작을 허용치 않고 막무
가내로 대상을 밀어낸다는 점에서 때로는 불친절하고 폭
력적이다. 시인이 "젊은이들의 빠른 시간"에서 '무례'와
'거침'을 불편하게 감각하는 것도 이 때문이다. 이처럼
반성을 모르는 '속도'를 폭력적 '탄성'으로 전유하는 언어
전략은 김기택 시에 새로운 탄성(彈性/歎聲)을 일으키는
유력한 방법 가운데 하나이다. 물론 이 언어는 하나의 시
류가 된 듯한 '느림'의 맹목적인 상찬과는 거리가 멀다.
  시인에 따르면, '속도-탄성'은 타자에 대한 배려와 염
려를 전혀 개의치 않는 편의와 독점의 객관적 상관물이
며, 느릿느릿한 삶의 이면을 온통 "살육의 기억"과 현재

로 개칠하는 '이빨'이다. 이빨에 난폭하게 씹힌 '껌'은 함부로 내뱉기지만, 그러나 "지구의 일생 동안 이빨에 각인된 살의와 적의를" 기억하고 표상한다는 점에서 어떤 기념비나 기록보다 값진 "물렁물렁한 탄력"의 '화석'이다(「껌」). 하지만 '껌을 씹거나 버리지 마시오'란 주의사항이 흔히 붙어 있는 '탈것'이란 군집물(群集物)을 만나는 순간 '껌'은 "조금도 찢어지거나 부서지지도 않은" 내력이 속된 말로 '껌 씹는 소리'에 지나지 않음을 뼈저리게 실감하게 될 것이다.

'속도'란 살의는 "살처럼 부드러운 촉감"과 "고기처럼 쫄깃한 질감"(같은 시)을 늘 시기하며 그것들을 한입에 삼켜버릴 틈을 언제나 엿보는 법이다. 그 욕망의 끔찍한 집적체가 전쟁이라면, 일상을 타격하는 기습전이 교통사고와 로드킬(Road kill) 따위일 것이다. 그래서일까. 『껌』에는 삶의 풍경을 "속도와 반죽되어 윤곽이 지워지며 흐려지"는(「고속도로」) 일상의 단막극으로 서사화하는 시편이 적잖다. "깨질 것 같은 눈물이 가득한 눈"으로 돌진하는 '버스'(「버스」), "빛을 향해 돌진하던 피"로 차창에 바짝 들러붙은 '풀벌레들'(「교통사고」), 자기를 죽인 게 "잇몸처럼 부드러운 타이어라는 걸 알 리 없는 어린 고양이"(「고양이 죽이기」), "지게차에/정면으로 받"힌 '아빠'를 태운

장의차에서 까르르 웃는 '딸'(「딸」).

　냉정하게 말해, 이들은 상실의 슬픔이나 문명의 수라
도(修羅道)를 집중적으로 환기하는 대상이 아니다. 피해
자들의 행위주체로의 반전, 그러니까 즉물적 대상화는
그들의 무력함을 절실하게 톺아내며, 근대인의 찬조자로
징발된 속도의 야멸친 복수심을 무섭게 전경화한다. 따
라서 저들은 슬픈 약자이기에 앞서 속도의 비열한 위대
성을 거스를 수 없는 권력으로 승인하는 일종의 도구들
이다. 하지만 즉각적 연민의 은폐와 대상에 대한 냉철한
응시는 그들의 의미와 존엄을 오롯이 반추케 하는 진정
성, 다시 말해 어느 사이엔가 잃어버린 인간화의 절실한
저변이 되고 있다. 이런 반전은 자아와 속도의 지나친 밀
착, 아니 통합이란 불길한 에로티시즘의 통찰에서 얻어
지는 것이기에 더욱 비극적이고 숙연하다.

　　이 불편한 속도를 포기할 수 없을 것 같다,
　　어느날 도로 위에서 서너 시간 숨통처럼 꽉 막혀 있다가
　　겨우 그 정체에서 벗어나
　　속도에다 온몸의 복수심을 다 집중시켜 정신없이 채찍질
　　하다가
　　죽거나 죽이거나

움직이지 못하는 엉덩이에 둥근 뿔이 달리기 전까지는.

— 「죽거나 죽이거나 엉덩이에 뿔나거나」 부분

'속도-탄성'이 탐욕하는 비명횡사의 현장과 끔찍한 죽음의 전시와 폭로에 그쳤다면, 김기택은 당위론에 결박된 문명비판론자로 지칭되기 쉬웠을 것이다. 하지만 그는 수사학보다는 '온몸'의 변신에 집중함으로써 속도를 위시한 문명의 동업자이자 공모자로 변복(變服)중인 자신과 우리들의 파탄을 널리 공표한다. 이 대담하고 세심한 자기탄핵이야말로 김기택을 시대와 불화하는 촌철살인의 감각인으로 이끌고 변화시켜온 요체에 해당한다.

인용시에 보이듯, 속도와 결탁된 죽음은 스스로를 자위해온 알량한 품위마저 살뜰하게 거둬가며, "허공이 되지 않으려" "땅에 박혀 있는 굴뚝처럼 굳세게 붙어 있"는 연기(「화장터」), 곧 애절한 영혼의 지체마저 참지 못한다. 그래서 시인은 자아와 속도의 목숨을 동시에 거는 냉혹한 '타짜'나 "해골에 스며든 두려움, 분노, 증오, 슬픔 따위가 오랜 세월 동안 원뿔형으로 자란" '뿔'(「소싸움」)을 둥글게 다듬는 변신의 집행관으로 거듭날 수밖에 없다.

버스 운전사가 하품을 한다.

하품 속으로 긴 터널이 또 들어왔다 나간다.

버스가 지나갈 때까지

아슬아슬하게 붉은 신호를 참고 있다가

지나자마자 얼른 푸른 신호로 바꾸는 신호등.

저절로 피해가는 앞차와 옆차와 뒤차들.

가끔 잠을 깨워주는 경적들.

지그재그 달리는 버스에 맞추어

구불거리는 차선들 비틀거리는 가로수들.

눈 가려도 정확히 과녁에 꽂히는 주몽의 화살처럼

거침없이 달리는 우리의 즐거운 버스.

　　　　　　　　　　　　　　　—「즐거운 버스」 부분

　게임의 타짜는 돈과 손(＝기술＝속임수)을 걸지만, 시인은 말과 영혼, 그러니까 전존재를 건다. '속도전(速度戰)' '버스'가 유쾌하게 '취한' '버스'로 어느 순간 변신하는 것은 지형의 변화(직선의 고속도로→곡선의 도심)와 거의 무관하다. 깨어 있는 나는 아슬아슬하지만 졸다 깨다 하는 운전사는 되레 태평하다. 지침 없는 노동이 졸음을 부채질했겠지만, 운전사는 "운전경력 이십년에 길을 다 외워버린 핸들과/핸들과 붙어 둥그레져버린 팔"의 소유자이므로 안전은 떼어놓은 당상이다. 게다가 스스로의 안전을 걱정한 다른 차들이 "저절로 피해가"느라 여념 없기까지 하다. 이 대책 없는 "지그재그", 다시 말해 "물렁물렁한 탄력"을 과연 조바심치며 고발해야 하는가, 아니면 느긋하게 같이 즐겨야 하는가.

과감히 말해, 졸고 깨기를 반복하는 운전사는 시인 자신이다. 승객의 안전을 도외시하거나 정해진 규칙을 무시하는 자는 이미 운전사가 아니다. 『껌』에서 김기택은 현재 자신의 감각이 썩 미덥지 못하게 되었음을 여러 차례 토로한다. 이제 감각은 시의 충실한 우군이 아니라 시인된 자를 위협하는 내부의 적이 된 것이다. 김기택은 그러나 대상의 심부만을 향하던 감각들을 대상의 반면(反面)에 돌림으로써 전혀 새로운 세계를 연다. 대상과의 통합만을 목표했다면 「즐거운 버스」의 유머는 창출되지 않는다. 그의 시선은 승객이며 운전수이고 또 버스이기도 하다. 시선의 다중성은 나의 언어를 축소하고 너의 언어를 확장하는 말들의 경연을 활성화한다. 하여 나의 위험은 너의 태평이 되고 그의 놀이가 된다. 너와 그들의 말로 웅성거리는 풍경, 이것은 '침착한 명랑'이 태어나는 본원적 처소 가운데 하나이다.

그렇다면 김기택은 어쩌면 침묵의 언어보다는 다중성 또는 다변성의 언어를 젊음의 시간을 지난 감각의 새 통로로 선택중인지도 모른다. 가령 『껌』에는 '허공'이란 단어가 스무 번 정도 등장하는데, 아마도 최상의 빈도일 것이다. '허공'의 일차적 의미는 하늘 또는 빈 공간이겠으나, 『껌』에서는 맥락에 따라 이질적인 의미를 형성하는 경우가 더 많다. "내 모습의 허공을 덮고 있는 고기냄새의 거푸집"(「삼겹살」), "세상과 허공과 무의식이 뒤범벅이 된 어느 곳"(「취한 말들을 위한 시간」), "가늘고 예민한 관절의 저울 위에 위태롭게 얹혀진/이 뚱뚱한 허공의 무게"(「계단 오르는 노인」), "어린 눈마다 뚫려 있는 거대한 허공이 나를 쳐다보고 있다"(「보육원에서」). 읽는 대로 짚어본 몇가지 용례들이다. 제목을 보면서 그 맥락을 따져보면, 일차적 의미가 거의 실종되고 있음을 알게 된다. 하나의 단어는 서로 다른 너의 말로 산종됨으로써 오히려 육체를 부풀리고 영혼을 다변화한다. 시간이 강제한 감각의 쇠락을 감각의 변이와 다중화로 초극하기. 타자에게 건네준 '즐거운 우울'을 자신의 것으로도 전유하는 김기택의 유연한 변신이 여기서도 거듭 확인된다.

*

『껌』의 주요 테마 중 하나는 '죽음'이다. 죽음과 유사계열을 형성하는 제재들, 이를테면 문명에 의한 노인, 약자, 장애인, 사무원, 동식물의 수난과 그것을 뚫고 샘솟는 발랄한 생명의 의미화는 그간 김기택 시의 득의만만한 영역이었다. 하지만 새 시집의 죽음은 이전 관심의 연장과는 여러모로 다르다. 우선 타자를 향했던 죽음의 앵글이 자아에게도 밀려들기 시작했다는 점이다.

존재의 근원적 한계인 죽음은 어쩔 수 없이 허무의식을 노정한다. 죽음을 이긴다는 말은 어쩌면 사치나 오만에 가까운 말일 수 있다. 우리에게 주어진 최상의 방책은 타자의 것이든 자기 것의 상상이든 간접체험을 통해 낯섦과 공포를 다소 눅이거나 자아소멸의 사태를 엄중하게 각성하는 일 정도이다. 이런 의식의 단련과 변전 속에서야 존재를 방기하고 무작정 소비하는 허무의 늪을 지나, 죽음을 자아의 재편과 세계의 확장으로 끌어올리는 적극적 니힐리즘의 게토(ghetto)로 겨우 진입하게 될 것이다. 하지만 이것조차 난망(難望)일 수 있음을 우리는 잘 안다.

반송되지 않는다
눈 없고 발 없는 우편물들이
바퀴로 발을 만들고 우편번호로 눈을 만들어 정확하게 달려온다
받을 사람 없다고 말할 입이 없어서

그냥 쌓인다 누군가가 뜯어봐주기를 죽도록 기다리면서
무작정 쌓이기만 한다
　　　—「본인은 죽었으므로 우편물을 받을 수 없습니다」 부분

　본인의 죽음과 부재를 고지할 수 있는 존재는 이 세상
에 없다. 이 명제는 신에게조차 예외를 허락하지 않을지
도 모른다. 그런 점에서 시인은 한계와 가능성을 동시에
사는 존재라 할 만하다. 시인 역시 자기 죽음을 "말할 입"
이 없기는 마찬가지지만, 마치 '바리데기'처럼 삶과 죽음
의 경계를 가로지르며 "무작정 쌓이기만" 하는 말들을 알
뜰히 소통시키는 데 열심이다. 시란 주술이 가닿는 죽음
의 형식은 여러가지이다. "제 안의 구겨진 어둠으로／구
멍들이 황급히 빠져나간"(「죽은 사람」) 허무의 유곡과 직
접 마주치는 일이 가장 흔하겠다. 이 '구멍'은 '진공'에 가
까운 '허공'으로 접변되기 쉬운 까닭에 여전히 폐색의 장
벽이 높다.
　김기택은 영리하게도 죽음의 직접적 토로나 죽음과의
화해 요청에 섣불리 나서지 않는다. 저 약자들에게 그랬
듯이, 미처 접속하지 못했거나 일부러 외면했던 얼굴들
로 찬찬히 시선을 옮긴다. 새로 개진된 세계는 대상의 편
리한 이동이 아니라 기존의 앎과 경험의 허구성을 내파

하는, 감각의 죽임과 재편에 의해 구체화된다. '제 안의 구겨진 어둠(죽음)'들이 주체와 타자들을 내쫓기를 멈추고, 가사(假死) 상태의 주변화된 존재와 세계를 향해 "어서 채워지기를 기다리는 커다란 허공"(「보육원에서」)으로 놓이는 일대 반전이 여기 어딘가에 존재할 것이다.

회색양말을 신고 나갔다가 집에 와 벗을 때 보니
색깔이 비슷한 짝짝이 양말이었다.
이젠 아무래도 좋다는 것인가.
비슷하면 무조건 똑같이 읽어버리는 눈.
작은 차이를 일일이 다 헤아려보는 것이 귀찮아
웬만한 것은 모두 하나로 묶어버리는 눈.
무차별하게 뭉뚱그려지는
숫자들 글자들 사람들 풍경들 앞에서
주름으로 웃는 눈.
웃음으로 얼버무리면 마냥 사람 좋아 보이는 얼굴.
이젠 아무래도 좋단 말인가.
빨래바구니에 처박히자마자
저마다 다른 발모양과 색깔과 무늬와 질감을 버리고
빨랫감 하나로 뭉뚱그려지는 양말들.

—「회색양말」전문

차이에 둔감해진 감각은 시업(詩業)을 위협하는 재앙이다. 아직 존재하지 않는, 혹은 은폐된 세계로 안내하는 동일성은 "저마다 다른 발모양과 색깔과 무늬와 질감"에 예민하게 반응할 때야 주어지는 신의 은총과 같은 것이다. "비슷하면 무조건 똑같이 읽어버리는 눈"은 차이를 성마른 아이러니로 간주하고, 적의가 숨어 있는 유사성조차 신뢰 가득한 동맹관계로 함부로 용인하는 불찰을 낳는다. 지금—여기의 눈들은 그래서 너와 나의 불안한 마주침을 편재(遍在)한 가운데 어느 순간 되튕겨오를 법한 "너무나도 낯선 낯익음"(「그와 눈이 마주쳤다」)이랄지 "취한 시간에만 나오는 그 말"(「취한 말들을 위한 시간」)들을 꿰뚫는 열정과 냉정을 필요로 한다.

　　　무시하고 바삐 걸어가는 행인들처럼
　　　무심한 표정으로 가볍게 튕겨냈어야 할 그 말을
　　　나는 그만 듣고야 말았다.
　　　그 말을 향해 고개를 돌리고야 말았다.
　　　그 말을 발음한 얼굴의 눈을 쳐다보고야 말았다.
　　　그 순간 아무런 힘도 의미도 없던 말은
　　　그 눈빛의 의미를 받아 갑자기 생기가 나기 시작했다.

허공에서 떠돌던 모든 귀들이

재빨리 그의 눈과 내 눈 사이로 모여들었다.

———「버클리에서」 부분

　나는 죽음과 감각에의 차분한 묵독(默讀)이 '취한 말', 소통 여부를 기준으로 한다면 침묵일 수도, 광언(狂言)일 수도 있는 뭉개진 말들과의 의미있는 접속을 만들어냈다고 믿는다. 이 결손된 말은 너와 나의 소통을 거부케 하는 가장 소외되고 폭력적인 언어형식이다. 또한 "억양과 리듬은 있었으나/정작 발음 달린 단어와 문장은"(「취한 말들을 위한 시간」) 없는 말이므로 죽은 언어에 불과하다. 하지만 함부로 발설되는 이 사소한 말들에 존재의 내밀한 사건과 의미들이 얼마나 담겨 있는지는 아무도 모른다. 신은 바벨탑의 저주로 자기의 권능을 주장하는 '취한 말'들을 징벌했지만, 다른 한편으로는 내밀한 말을 이해받지 못하는 자들을 위해 시인이란 순하고도 명민한 귀들을 예비해두었다. 그 일족에 속하는 김기택의 쇠락한 감각은 이 '구겨진 어둠'들의 웅얼거림과 비명을 "그만 듣고야 말았다"는 점에서, 이전보다 더 예민하고 다각적이며, 더 심층적이고 포괄적이다.

　여러 종류의 '취한 말'들이 증상과 치료의 소견을 획정하는 병리학의 근거로 소환된 것은 근대 이후의 일이다. 그러나 시인은 태생부터가 '취한 말'들을 주워듣고 해석하는 한편, 그것의 길흉을 신이나 겨레붙이에게 알리는 소통의 주재자였다. 엄밀히 말해 눈의 마주침은 그 접속의 회로를 복원하고 소환하는 일, 즉 어딘가로 밀려났던 시인의 권리와 의무를 재차 각성하는 일일 따름이다. 『껌』의 새로운 영역 개척은 그러나 이 불편한 시인의 본분이 왜 절실하고 또 정당한가를 정중하게 되물으면서 출발하고 있다. 그래서 죽음과 쇠락한 감각의 관찰 역시 무겁기 짝이 없는 관념의 소용돌이에 나포되지 않고, 당신과 내가 언제 어디서든 마주칠 수 있는 소소한 삶의 틈바구니 속에서 수행된 것이다. 그렇게 우리는 시인에게 "내 속의 어둠을 들키고"(「버클리에서」) 있다.

*

그러니 오늘도 '짝짝이 양말'을 신고 어디선가 '취한 말'들을 주워섬길지도 모를 나와 당신들이여, 이 아릿하고 통렬한 자전거 탄 풍경을 즐기면서 "조금도 찢어지거나 부서지지도 않는 껌"을 우아하게, 아니 질경질경 씹어보시라. 그러면 "너무 변하여 한번도 나였던 적이 없는 내가" "옛날 사진 속에서 웃고 있는"(「옛날 사진 속에서 웃

고 있는」), 그러니까 "가난하고 외롭고 높고 쓸쓸하니 살
어가도록 태어"난(백석 「흰 바람벽이 있어」, 『문장』 1941.4)
그 그리운 나로 슬그머니 돌아올 줄 누가 알겠는가.

　　덤프트럭 앞에서 짐자전거가 앞만 보며 달린다
　　갓길 없는 좁은 이차선 도로
　　아무리 빠르게 페달을 밟아도
　　느릿느릿 돌아가는 자전거 바퀴
　　사자 아가리 같은 경적이 쩌렁쩌렁 울며 뒷바퀴를 물어도
　　헛바퀴만 돌리며
　　아직도 커다란 플라타너스 앞을 지나가고 있는 자전거

　　자전거를 삼킬 듯 트럭은 꽁무니에 붙어서 오고
　　거대한 코끼리 한 마리 줄에 달고 가듯 바퀴는 한적하고
　　발과 페달은 자전거 바퀴보다 빠르게 돌아가고
　　　　　　　　　—「커다란 플라타너스 앞에서」 전문

　　　　　　　　　　　　崔賢植 | 문학평론가·경상대 교수

■
시인의 말

이 시집의 시들은 결국 나와야 할 내 몫의 말들이 아닐까 생각한다. 내 유전자지도에 그려진 내 얼굴 모양·본능 모양·성격 모양처럼 정확한 내 '꼴', 더하고 뺄 것도 없이 그 꼴값이다. 의식적으로 변화하려 하기보다는 그 '꼴'이 불러주는 그대로 받아적으려고 했다.

스토커처럼 지긋지긋하게 나를 따라다니고 붙들던 모든 끈적거림과 비린내와 떨림을 다시는 내 앞에 얼씬거리지 못하도록 시집 속에 꽉 눌러놓고, 또 백지 앞에 허공과 바람 앞에 선다.

2009년 2월
김기택

창비시선 298

껌

초판 1쇄 발행 / 2009년 2월 16일
초판 18쇄 발행 / 2024년 10월 14일

지은이 / 김기택
펴낸이 / 염종선
편집 / 박신규
펴낸곳 / (주)창비
등록 / 1986년 8월 5일 제85호
주소 / 10881 경기도 파주시 회동길 184
전화 / 031-955-3333
팩시밀리 / 영업 031-955-3399 편집 031-955-3400
홈페이지 / www.changbi.com
전자우편 / lit@changbi.com

ⓒ 김기택 2009
ISBN 978-89-364-2298-1 03810